일곱 살과 여덟 살 사이에서

| 다름시선 001 |

일곱 살과 여덟 살
사이에서

홍의선

다름북스

삶은 물결입니다
그것은 흘러가며 흔적을 남깁니다
제 삶의 크고 작은 물결,
그 이야기를 시로 그렸습니다

제가 그린 이야기들이
한 사람 한 사람에게 가닿아
조금이나마 위안이 되었으면 합니다

2021년 가을날
홍의선

| 목차 |

제2부 | 쓸만한 물건

제3부 | 별빛, 눈물방울

제4부 | 통행료

평론 | 유한근

제1부

일곱 살과 여덟 살
사이에서

파리와 나의 거리

창문으로 들어온 파리 한 마리
방안을 빙빙 돌고 있다

나는 파리를 내보내려고
창문을 활짝 열어놓았다
그것도 모른 채 방안에서 웽웽거리는 파리

문이 열려있다고
아무데나 들어가는 게 아닌데
대도무문大道無門을 믿는 게 아닌데

나도 한때 술집 독에 갇혔다가
간신히 빠져나온 적이 있다.

귀뚜라미와 거미

아파트 베란다 밑 거미줄에
귀뚜라미 한 마리 걸려있다
빠져나오려고 발버둥 치고 있다

거미줄에서 풀어줄까 하는데
바큇살 중심에서 빤히 내려다보며
발을 동동 구르고 있는 작은 거미

번지점프와 고공비행
아침이슬 걷어내고 수선도 해서
겨우 얻어낸 먹이일 것이다

안쓰러운 귀뚜라미와 배고픈 작은 거미
나는 어쩌지 못하고 텅 빈 하늘을 바라만 본다

구기자

다른 나무들
무성한 잎을 자랑할 때 잎을 떨구었다
사람들은 내가 죽었다고 측은히 여겼다

다른 나무들
잎을 갈색으로 물들이며 떨굴 때 새 잎을 내었다
사람들은 다시 살아났다고 놀라워했다

잎을 떨어뜨려 본 아픔이 있어 나는
늦가을 찬바람이 오히려
더욱 싱싱한 초록 잎을 만들게 한다

새 잎으로
다시 자줏빛 꽃을 피워냈기에
초겨울에도 나는
빠알간 열매를 맺을 수 있다

부엉이와의 인연

인사동 길을 걷다가
그림가게 앞에 섰다
입구까지 빼곡히 차있는 그림들

뭔가에 이끌리듯 들어섰는데
나뭇가지에 앉은 부엉이 한쌍
동그란 눈으로 나를 반겼다

한참 그림을 보고 있던 내게
주인이 높은 값을 불렀다

"그림에도 인연이 있답니다."

이렇게 집에 들인 부엉이 한쌍
현관문을 나서는 내게
매일 매일 눈인사를 한다.

밥알·1

교직원 식당에서
밥을 먹다가 떨어진 밥알을
얼른 주워 먹었다

옆 사람이 유심히 쳐다봤다

차가운 모판에서 겨우 싹터
논에서 가뭄과 홍수를 견뎌냈고
햇볕과 달빛 기운으로 영글어
탈곡 도정을 거치면서 자루에 담겨졌고
밥솥에서 익어 나온 밥알이다

경력이 오래되어
학생들을 잘 가르치는 동료교사 하나가
학교를 강제로 그만두었다

다 익은 밥알 같은 사람을
버린 것이다

일곱 살과 여덟 살 사이에서

큰할아버지 댁에 제사지내러
강원도 황지 가던 길

"꼬마야 몇 살?"

"여덟 살!"
아차 하며 나는 할아버지를 쳐다보았다

할아버지는 몸집이 작은 내게
기차 타러 나갈 때 역무원이 몇 살이냐 물으면
일곱 살이라고 말하라 하셨다

그렇게 해서 탄 기차
역에 내려 개찰구를 빠져나가다 그만
여덟 살이라 말했던 것이다

어린 손자 요금을 아끼려다
세 배로 물어내고 오신 할아버지

꼼짝없이 서 있는 내게

참 똑똑하다며 머리를 쓰다듬어주셨다

어느새 머리가 희끗해진 나
오늘따라 인자하던 할아버지 손길이
무척이나 그립다

운명

베란다 화분 고무나무에 물 주는데
유리창에 튀어올라 맺히는 물방울

수도관 타고 우리 집에 들어와서도
주방, 세탁기, 화장실로 가지 않고
베란다 배관으로 와서는
화분에 주는 물로 쓰이려다 유리창에 딱 붙어
탁 트인 바깥과 접하는

여린 풀들

땅을 깎아 낸 비탈에
굵직한 돌멩이로 쌓아올린
옹벽을 보았다

돌멩이 틈새에 자리 잡고 있는
여린 풀들
흘러내리는 토사를
막아주고 있었다

흙 비탈과 큰 돌멩이가 버티도록
지지대가 되어주고 있는
다가가야 겨우 보이는
여린 풀들

매미소리

어린 시절 외가에 가면
칭찬 들을 수 있어 좋았다

외할아버지 외할머니 환한 얼굴
내가 잘 생겼다고 영리하다고
칭찬을 아끼지 않으셨다

외가 복숭아밭에서 울어대는
우렁찬 매미소리까지도
나를 신나게 하는 칭찬소리로 들렸다

지금도 한여름 매미소리는
정겹던 외갓집 모습을 떠오르게 한다

모과

아파트 앞 화단에
주렁주렁 매달린 모과
노랗게 익어가고 있다

탐이나 따고 싶었지만
가을 햇살 더 받도록 그냥 두었다

점점 줄어드는 모과 개수
남아있는 것들은 상처가 나 있다

나는 사람들이 던지는 막대기에
더 이상 흠집이 생기지 않게 하려고
장대를 만들어
모과나무에 걸쳐놓았다

나뭇가지에 매달려 있다가
방 안에 앉아있게 될 모과들

그 중에 덜 익은 것들은
어느 집 방에서 익어갈 것이다

가을 산에서

단풍은 햇살을 받아
더욱 고운 색을 드러내고 있다

떨어진 잎들은
바스락거리며 이리저리 굴러다니고
밟혀 부서진다

기간제로 다니던 직장에
재계약했다 하니
뭘 또 욕심부리냐며
친구는 이젠 그만두라 한다

조기 퇴직한 후에도
기간제로 몇 곳에 옮겨 다녔으니
그런 말 들을 만도 하다

기간제에 붙어서라도
난 곱게 물드는 단풍이 되고 싶다

자전거 바퀴

중학교 다닐 때
십리쯤 되는 등하굣길
자전거를 타고 다녔다

비틀재 오르막길
꼭대기를 쳐다보지 못한 채
바로 앞만 바라보고 헉헉거리며
페달을 밟아야 했다

내리막길은
가만있어도 속도가 더해지니
멀리 내다보며
핸들을 틀어야 했다

돌이켜보니
살아온 삶이
자전거 바퀴와 같다는 생각이 든다

애쓰며 오는 너

아직은 찬바람 불고
때론 영하의 기온이어도
개나리 산수유 꽃눈은 부풀고 있다

바싹 마른 풀숲이
자리를 내주지 않아도
그 속에서 새싹은 돋고 있다

봄은 이렇게
추위를 견디고 애쓰며 오고 있다

수첩 생각

갑자기 휴대폰 화면이
까맣게 되었다

메시지 카톡내용 전화번호 사진 다 그 속에 있으니
온 사방이 막히고 고립되었다

폰이 회복되지 않으면
메모장도 사진파일도 사라지고
일정표마저 다 구겨지는 것이다

전화번호와 일정을 적어
주머니에 넣고 다니며 자주 들춰보던
예전 수첩이 생각났다

딴청부리는 구름

습지공원 둑을 따라 걷다가
이쪽저쪽 하수구에서 나오는 시커먼 물이
갯골 썰물에 마구 섞이는 걸 본다

이런 물 저런 물 가릴 수 없는 갯골
어떤 물이든 다 받아들여야 하는 바닷물
안쓰럽다 생각하다가 하늘을 쳐다보는데

머리 위로 지나가는
여름 한낮 파란 하늘에 몽실몽실 흘러가는
하얀 구름

저 구름은 한때 갯골 물이었을 것이다
흐르고 흐르다가
바다에 가서야 맑아져
하늘로 올랐을 것이다

항의

산세베리아 화분에 물 주다가
유달리 쭉 뻗어 오른 줄기 하나
잘라냈다

곧게 빨리 자라면
좋아할 줄 알았을까

고무나무 화분에 비료 주다가
줄기에서 뾰족이 내미는 새순 하나도
잘라냈다

왜 이래
이제껏 물 비료 잘 줘 놓고는

가을 구기자

다섯 갈래 별 모양
고운 보랏빛 구기자 꽃
담벼락 따라 햇살 모으며
벌 나비 부른다

먼저 시든 꽃자리엔
길쭉한 초록색 열매들
수줍은 듯 불그스레 익어간다

어린 시절 풀 매면서
죽은 나무인줄 알고 쳐내다가
어머니께 야단맞은 적 있었다

잎 지고 난 자리
다시 새순을 틔우고 새잎 내어
가을에서야 꽃 피우고
열매까지 맺는 줄 몰랐다

익은 놈 따서 말렸다가
담금주 우리고 차로 끓여서

그 시절 그리울 때마다
곁으로 불러내야겠다

까만 피멍

발바닥이 가려워 슬슬 긁었더니
긁을수록 더 가려워
마구마구 긁었다
살갗이 벗겨지고 피가 났다

가려움이 가시자 몹시도 쓰렸는데
깨진 한 인연이 불쑥 떠올랐다

내가 당신 첫사랑이 맞냐고 묻다가
물을수록 더 묻고 싶어서
점점 파고들다가
그만 둘 사이
틈이 생겨버렸다

자꾸자꾸 캐묻다가
놓쳐버린 나의 첫사랑

한동안 쓰리던 슬픔
그 후
까만 피멍으로 가슴에 남았는데

그 무엇으로도
지워지질 않는다

때

친구 딸 결혼식에 갔다가 종점인 부평구청역에서
내려 걸었다 집 근처 백마장 사거리 주상복합 40층
아이파크 뼈대가 다 올라간 듯 우뚝 솟아있다 예전
이 터에는 웨딩홀로 사용하던 건물이 있었고 그 이
후 15년 넘도록 울타리 쳐놓은 공터로 있었다 그동
안 이 근처를 오갈 때마다 놀려두는 땅이 아깝다고
생각했는데 2020년 10월 건물이 완공된다고 한다
곧 건물 바로 옆에 지하철 7호선 연장 산곡역도 개
통될 거라 한다

건물과 지하철이 동시에
때를 맞춘 것이다

사람과 사람 사이에도 저런 때라는 게
있을 것 같다

혹 하나가 있는데

한 학생을 칭찬했더니
몇몇 학생이 편애라며 차별한다며 중얼거렸다

속 깊은 곳에서 어쩌다 슬쩍슬쩍 내밀던
혹 하나가 불쑥 솟구친다

어머니는 내가 초등(국민)학교 때 받은 상장 임명
장 악대복까지 모아 두셨다가 중학교에 입학하자
내게 주셨는데 한 학년 두 학급이었던 시골 초등
학교 육 년간 개근상장과 육 년간 통지표가 있었고
한 학년만 빠진 오 년간 우등상장이 있었다 빠진
한 학년 때 있었던 일이 아직도 사무친다 분명 담
임선생님은 내가 3등이라며 종합점수가 적힌 쪽지
를 주셨는데 당시 학교 동네에 살던 4등 쪽지를 받
은 친구가 우등상을 받았던 것이다

그때 어린 가슴에 생긴 혹 하나가 있는데
어찌 내가 그러랴

제2부

쓸만한
물건

종이지도

그저께 웹 지도를 켜고 다녀온 예식장
다시 가보라 하면
나는 찾아가지 못할 것이다

검색창에 목적지를 입력하고
주변을 둘러보는 여유 없이
안내하는 대로 곧장 달렸기 때문이다

예전 종이지도를 들여다보며
서투른 운전으로 찾아갔던 산정호수
길을 잘못 들어서기도 했고
빙 돌아가기도 했다

그땐 시간이 더 걸리긴 했어도
가면서 겪은 이야기가 그 길에 담겨있다

자화상

외사촌 결혼식이 토요일에 있고
하루건너 월요일 어머니 생신이다

가족이 다 같이 모인 김에
생신 행사를 일요일에 갖자고
부모님께 여쭈니

어머니는
다들 근무하는 월요일을 피하니
참 좋겠다고 하시는데

아버지는
생일을 앞당기는 것도 마음에 걸리고
성의가 없다며
아예 집어치우라 하신다

왈칵 속을 쏟아내는 아버지가 몹시 미워
퍼뜩 자리를 뜨는데
아내가 나를 쳐다보며 슬쩍 미소를 띤다

갑자기 내가 더 미워진다
지난날 내 모습을 보는듯해서

느슨하게

낚싯바늘에 걸린 물고기는 대개
도망을 치면
바늘에 더욱 깊이 박히는데

영리한 농어는 오히려
낚시꾼이 있는 쪽으로 헤엄쳐서
줄을 느슨하게 하여
달아날 수 있다고 한다

고교 입학 후 나는
인생 고리에 걸려 본 적이 있었는데
도망을 치지 않고 차분히 공부하여
검정고시로 벗어날 수 있었다

학교 근무 중 지도 교과를
바꾸려다
또 인생 고리에 걸린 적이 있었다

지금 생각해보니
살면서 어떤 걸림이 생겼을 때

도망치기보다는
느슨하게 시간을 지내볼
필요가 있겠다

밥알·2

중국음식점에서
볶음밥 시켜 먹으며
밥알 하나 남기지 않았습니다

볍씨로 시작한 쌀의 여정이
내 밥그릇에 와서
버려지는 것이 싫었습니다

내 삶의 여정도
인생 막바지에 가서
버려지지 않는 밥알이면 참 좋겠습니다

술멍

퇴직한 내게 직장 후배가
오늘 만나서 식사하자고 했다
행운이라 들떠했다

오랜만이라 술을 몇 잔 걸친 후
지난날 나 때문에 서운했던 심정을 털며
아직도 진한 멍으로 맺혀있다고 주정했다.

축 처져 집에 돌아와
후배가 내뱉은 이야기를 했다 그러자
아내는 자기 가슴에는 그보다도 더한 멍이
무수히 박혀있다고 되받아쳤다
나 때문이란다

오늘이 행운이라는 들뜸은 가셨다
지난날 아우성쳤던 흔적들이 어른거렸다
내 과거를 술로 식힌다면
가슴이 온통 시꺼먼 멍이겠다.

쓸만한 물건

산에 갔다 와서 냉장고 문을 급히 여는데
손잡이가 똑 부러졌다

이십 년이나 사용했으니
이젠 바꿀 때가 됐다고 했더니
고급품이라 좀 더 쓸만하다며
아내는 테이프로 동여맨다

산에서 내려올 때 나는
허벅지에 경련이 일어나
잠시 주저앉기도 했다

거실 바닥에 앉아 주무르면서
나도 이젠 낡았나 보다 했더니

아내는 살짝 미소를 머금고 다가와
아직은 좀 더 쓸만한 물건이라며
물파스를 보들보들 발라준다

아내·1

텔레비전 받침대 위 몽돌 두 개
매끄러운 얼굴을 서로 맞대고 있다

세찬 물결에 구르고 구르며 닳아왔던
긴 세월을 반추하며
서로 얘기 나누고 있다

모나고 거칠었던 시절 보내고 난
아내와 나는 텔레비전을 보다가
슬며시 얼굴을 맞대본다

아내가 나보다 더 매끄럽다

아내·2

망막 혈관이 막혀 부어올라
흐리게 보이고 찌그러져 보여
한쪽 눈 안구에 항체주사를 맞고
두 시간 동안 안대를 찼다

지난날 술버릇 탓에
벌 받은 것일까

직장일로 힘들 때나
아내가 섭섭하게 대할 때에도
바깥으로 나돌며 술을 마셨다

술에 취해 집에 오는 나를
못마땅해 할 때마다
혼자서 얼마든지 살 수 있으니
집 나가도 좋다는 말을 서슴없이 내뱉곤 했다

오늘 아내는 직장에서 조퇴하고
버스 정류장에 와서
주사 맞고 나오는 나를 기다리고 있었다

노거수 가지처럼 서로 어깨를 기대고
집에 오는 길
아내는 나의 한쪽 눈이 되어주었다

앨범을 펴다

딸의 서른한 살 생일 아침
앨범을 펴본다

신혼살림 단칸방에서 태어난 아기
유치원과 학교시절
성장해 가는 딸의 모습

어색한 포즈 해맑은 미소가
웃음을 머금게 한다
증손녀를 안고 있는 할머니 모습
마음 한구석이 애잔하다

순간을 담아 놓은 사진으로
지난날이 되살아나는 시간
내 가슴에 저장된 사연을
뒤적거린다

할머니

할머니 노환이 심해졌다는 연락을 받고
급히 고향으로 갔다

시름시름 앓으면서도
추한 모습 보이고 싶지 않다던 할머니
용변을 볼 때 혼자 해결하려고 안간힘을 쓰셨다
한다

곡기를 거의 끊다시피한 할머니는
둘째 딸 대학수학능력 시험이 일주일 남았다고
말씀드렸더니
겨우겨우 식사를 하셨다

수능시험 이틀 후
94세에 돌아가신 할머니

할머니는
저승사자가 자꾸 나타나 가자고 한다며
시험 날짜가 지났는지
아버지한테 몇 번이나 물으셨다고 한다

식당에서

퇴직하고 나서 동네식당을 자주 찾는다
마주 앉거나 둘러앉아서 밥을 먹고 있다
이야기 반찬도 곁들이며 환한 얼굴들이다

식탁에 홀로 앉아 먹어도
여러 사람들과 어울려 먹는 기분이다
밥맛이 더 난다

어릴 적
우리 동네에 혼자 살던 할머니는
밥 때가 되면 우리 집에 오곤 했다
공짜로 밥 먹으러 왔다며
나는 몹시도 미워했었다

내가 인상 쓰며 내색을 하면
어머니는 나중에 나를 불러 놓고
혼자 사는 불쌍한 사람인데 왜 그랬냐며
심하게 야단치셨다

지금 생각해보니

그 할머니는
배고픔보다는
우리 가족과 같이 어울리는 분위기를
더 채우고 싶었을지도 모른다

링거 주사

감기몸살로 동네 병원을 찾았는데
영양제 주사를 맞으라고 한다

긴 줄 타고 흐르는 수액을 한참 바라보면서
이런저런 생각을 하다
아흔네 살 할머니 모습을 떠올렸다

돌아가시기 전에 한번 더 뵙겠다며
고향집에 들렀을 때 할머니는
고모가 영양제 주사를 맞혀 주었다고
애써 가는 목소리로 여러 번 말씀하셨다

가끔 고향에 들리는 맏손자한테는
부모님이 서운하게 했던 일까지도
서슴없이 털어놓으셨던 할머니
나는 고모가 할머니 모시고 병원에 다녀왔구나 하고
그냥 받아들였다

지나서 생각하니

할머니는 영양제 주사를 한번 더 맞고 싶으셨는데
나는 알아차리지 못했던 것이다

덤

집 계약할 때 못마땅했던 아내가
지금은 달라졌다

큰 방에서 장아산
작은 방에서 펼쳐진 들녘
거실과 안방에서는 울창한 숲
창문마다 와 닿는 광경이
한 폭 그림이라며
수다를 떤다

가까운 곳에
습지공원이 있고 대공원도 있어
산책하고 운동하기에 딱 좋다며
입을 다물지 못한다

이미 계약 속에 모두
덤으로 따라왔던 거야 하며
난 씽긋이 웃었다

초가을

새벽에
아내가 추울까 봐
홑이불 덮어주었는데
왜 잠 깨우느냐며 짜증을 냈다

당신 코 고는 소리 참다가
겨우 잠들었는데
왜 건드리냐며 쏘아댔다

맞받아 소리치고 싶었지만
그냥 참고 말았다

쌀쌀한 초가을이다

실패

고향집에 들러
우연히 열어본 재봉틀 서랍
어릴 적 반짇고리에서 보았던 납작한 나무 실패다
빛바랜 실이 감겨져 있고
녹슨 바늘도 몇 개 꽂혀있다
눈 크게 뜨시고 바느질하시던 할머니
한밤중 졸면서 재봉틀을 돌리시던 어머니 모습이
떠올랐다
반질반질 윤이 나는 실패의 양면
할머니와 어머니의 손때
칠이 벗겨진 얼룩무늬가 어머니의 눈물 자국을
닮았다

떡갈나무를 보며

진달래꽃 활짝 핀 봄 산
내미는 떡갈나무 잎도 물결치니
어린 시절 동네 뒷산에서
친구들과 전쟁놀이하던 추억이 떠오른다

떡갈나무 잎으로 철모를 만들고
몸에 가지나 잎을 꽂아 위장을 했던
숲속에 숨어
뛰어가거나 기어가는 적군에게
빵빵하면 푹푹 쓰러져주었다

한번은 내가
소나무에 올라가 숨어있었는데
마침 적군이 바로 밑에 와서 숨었다

나는 오줌 폭탄으로 적군을 맞추었다

그때 놀랐던 친구
지금도 나를 만날 때마다
뜨겁던 물폭탄 얘기를 꺼낸다

어린잎

창밖에는 봄비
바람이 세차다

단풍나무 가지가
창문을 두드린다
가지 끝에 안간힘으로 매달려있는
어린잎

어렸을 적 나를 닮았다

저 어린잎은
비바람과 폭염을 견뎌
아름답게 물들어
뿌리로 돌아가리라

다섯 이웃

아파트 단지에
낡은 야외 수영장을 헐어내고
체육쉼터를 만들어놓았다

내가 사는 218동 앞
미니공원을 하나 얻은 셈이다

키 큰 소나무 다섯 그루
아파트 분위기를 더욱 살린다

수십 년 어디서 살다가
이곳으로 왔는지

자꾸 나의 시선을 끄는 소나무들

바라만 보아도 기분 좋아지는
다섯 이웃이
한꺼번에 생겼다

봉투

오늘도 아주머니는 내 자리에 녹즙을 배달했다

오래전 나도 가정 학습지를 배달한 적이 있었다
생활비와 용돈을 벌기 위해 수많은 집을 뛰어
다녔던 그때
일주일이면 신발 한 켤레가 다 닳았다
점수가 낮은 학생을 만날 때는
틀린 문제를 가르쳐주기도 했다
크리스마스 전날 시험지를 배달하는데
모퉁이 집 시험지 봉투 안에 편지봉투가 꽂혀
있었다
'시험지 총각, 힘내세요!'라는 글과 함께 들어있던
만 원짜리 다섯 장
검정고시 공부하며 세상이 막막했던 때
큰 격려고 힘이 되었다

나무의 겨드랑이마저 단풍으로 물들어가는 계절
헐렁해진 세월을 끌고 가을이 가고 있다
내 그림자도 계절을 따라 나란히 걷고 있다

나도 그때의 심정으로 돌아가
녹즙 주머니 속에
복권 한 장 넣어둬야겠다

덕분에

두 딸이 초등학교 중학교 다닐 때
동해안 해수욕장에 피서 갔었다

둥근 튜브를 셋이서 붙잡고
나는 바닥에 발을 붙이고 움직였는데
갑자기 발이 바닥에 닿지 않았다
튜브는 파도에 밀려 바다로 나가고 있었다

한 명이라도 손을 놓으면 튜브는 뒤집어질 판
두 딸은 파랗게 질려있었다
나는 소리치며 위급함을 알렸다

주위 사람들과 안전요원들은
우리끼리 장난치는 줄로만 알았는지 그냥 지나쳤다

두 딸은 팔힘이 빠져
껴안고 있던 튜브를 놓으려 했고
나는 악을 쓰며 소릴 질렀다

간절하고 절박한 소리를 알아차린

한 중년 남자가 넓적한 보트로 다가와서
우리를 해변으로 끌어냈다

용한 은인 덕분에
셋은 생의 한 고비를 넘겼다

제3부

별빛,
눈물방울

기차 인연

고교시절 기차를 타고 삼촌댁에 가던 날
내 옆에 탔던 여학생이
책을 보고 있었는데
무슨 책을 읽느냐며 나는 말을 걸었다

여학생이 먼저 내리면서
내게 그 책을 슬며시 건네주었는데
표지에 주소를 적어달라고 했다

그 주소 덕분에
우리의 기차 인연은 지금도 달리고 있다

자취방 주인

고등학교 자퇴 후
한동안 고향집에서 빈둥거리다가
다시 도시로 나갔다

자취방을 구했는데
나중에 알고 보니 주인어른이
교장선생님이셨다

거기서 지내며
검정고시와 공무원시험을 쳤고
대학을 마쳤는데
해마다 똑같은 방세를 받으셨다

가끔 맛있는 반찬을 가져다주셨고
어려운 사정이 생길 땐
용돈까지 주셨던 주인

우리 집 농사가 냉해를 입어
대학을 그만둘까 말까 했을 때
졸업을 권장하셨다

삶의 소나기 맞으며
눈가를 적시면서 살아야 했던 한때
우산이 되어주었던 자취방 주인

낡은 사진 속 풍경 조각

중학교 2학년 때 경주 수학여행
마당에 데굴데굴 구르며 졸라서
겨우 갈 수 있었던 경주 수학여행

우리는 불국사에서 설레는 마음으로
단체사진을 찍었다

어느덧 회갑을 맞이한 동창들은
경주로 회갑여행을 떠나
사십육년 전 그 대형대로
사진을 찍어보자고 했다

그때 오지 않았던 몇몇 친구들
어리벙벙해하며
그 사진 보자고 했다

가져온 사진을 꺼내 보이자
한 친구 갑자기 눈가를 붉히며
긴 한숨을 몰아쉬더니

"제기랄, 그땐 집에 돈이 없어 못 왔제!"

감자 고구마 옥수수가 간식이었고
주식이기도 했던 시절

"난 햇고추 다 팔아서 왔었는데!"

김 서린 안경 너머로 희미해진 기억들이
낡은 사진 위에 풍경처럼 지나간다

전화번호부 수첩

책장을 정리하다가
예전 전화번호부 수첩을 발견했다

큰딸이 어릴 때
알아보기 힘든 글자를 써놓고
그림을 그려놓았던 것으로 보아
삼십 년은 넘었을 것이다

ㄱ에서 ㅍ까지 한 장 한 장에
빼곡히 담아놓은 이름
이름마다 그 사람이 떠올려지는데
어떤 이름은 기억조차 나질 않는다

오랜 세월 속에
전화번호는 다 바뀌었겠지만
그래도 혹시나 하며
걸어보고 싶은 이름 하나 있다

한때 마음에 깊게 새겼던 사람

불쑥 전화해서 연결 됐을 때

그 얽혔던 사연 풀어낼 수 있을까

둘레길을 걸으며

월미산 둘레길을 걷다
소나무 앞에 오자
어릴 적 일화 한토막이 떠오른다

동네 친구들과
땔감 하러 산에 갔다가
소나무에서 떨어진 적이 있었다

숨이 막혔고 말도 못해
손짓으로 소리쳤지만
아무도 알아채지 못하는 것 같았고
갑갑함은 더욱 심해졌는데

그때 영달이가 달려와
양쪽 겨드랑이에 손을 넣어 일으켜 세우며
마구 흔들어댔다

숨이 탁 트였다

내 생명을 구해준

지금도 고향에 살고 있다는
영달이의 안부가 궁금하다

반려 라디오

둘째 딸이 중학교 다닐 때
글짓기 대회에서 상품으로 타왔던
카세트 라디오

지금은 켤 때마다 지글지글거리고
윙윙거려서
또렷한 소리가 들리지 않는다

딸은
쓸 만큼 썼으니
버려도 좋다고 하지만

지금껏 뉴스와 생활정보 음악을 들려주며
가족과 함께 늙어온 라디오를 버릴 수가 없다

안테나 감각이 둔해졌다고
주파수 맞추는데 덜덜거린다고
멀리할 수 없는
우리 가족의 추억이 담긴 반려 라디오

색깔이 바래고 못쓰게 되어도

긴 세월 인연을 새기며

오래오래 내 곁에 두고 싶다

한라산 애인

성판악 탐방로 입구에 들어설 때
흐리고 뿌연 날씨였다

스틱을 가져오지 않아 힘들어하는 아내
내가 만들어 준 나무막대기를 짚고
숨차게 따라오며 얼굴빛이 노래진 아내

난 아내 가방을 벗겨 앞으로 맸다

아내는 등산할 때 남자가 여자 가방을 받아
앞뒤로 매면
그 둘 사이는 애인이라고 했다

진달래밭 대피소에 이르자
구름이 걷히고 파란 하늘이 보였다

드디어 또렷한 백록담 모습
아내 생일기념으로 찾아온 한라산 정상
애인이 활짝 웃었다

썩은 물

아내와 같이 산에 오르다가
길옆에 버려진 페트병을 보았네

색 바랜 물이 반쯤 담겨져 있길래
갇혀있어 안쓰럽다며
얼른 뚜껑을 열어 쏟아버렸지

아내는 불쑥

자기 속에 갇혀있는 썩은 물도
후딱 내보내주라고 하였어

무슨 썩은 물이 몸속에 있냐고 했더니

당신이 언짢을 때마다 나를 트집 잡아
속이 썩어 생긴 물이라고
톡 쏘아붙였네

별빛, 눈물방울

모처럼 고향 집에서
부모님과 저녁밥을 먹는데
어린 시절이 떠올랐지

어스름 몰려오기 전
마당 쓸고 호야 등을 밝히면
열한 명 식구가 둘러앉은 멍석 위
할아버지 할머니 겸상에
큰 둘레반과 작은 소반까지 펴고
어린 나는 음식을 날랐었지

손 큰 어머니는 밥상을
늘 푸짐하게 채우셨고
더운 날씨에 음식 상한다고
할머니께 야단맞는 날이 많았지
덩달아 아버지도 나무라시고

다리 공사 목수 일 마치고
집으로 돌아오는 아버지 자전거 핸들에
마가린 한 덩이 매달려 있는 날은

호박꽃처럼 웃음이 번졌지

늙은 지아비와 다 큰 아들이
주고받는 이야기를 듣다가
밤하늘 올려보는 어머니 눈가엔
어느새 별빛이 방울방울
구르고 있네

세월

한여름 동안
동네 목욕탕이 새단장했다

이십 년이나 된 건물이어서
내부 시설은 물론
배관까지 교체했다고 한다

아빠를 따라온 아이들끼리
긴 냉탕에서 같이 어울려 신나게 논다
비치볼 하나로 뭉쳐있다

개업 때부터 다닌 목욕탕
한동안 늦둥이 아들을 데리고 다녔는데
훌쩍 큰 지금은 같이 가기를 꺼린다

물안경 끼고 공놀이 했던
그때 그 기억들
비치볼 아이들 모습에 얹어본다

얼굴 표정

지난날 난 직장에서 속상한 일이 있어도
애써 미소 지으며 집에 들어오곤 했다

가끔 술로 얼굴에 덧칠하기도 했는데
곧바로 본색을 드러낸 적도 있었다

겉 표정은 감추었어도 꾹 누른 속
아내의 못마땅해하는 모습에
불쑥 꼬투리 잡고 투정을 부리기도 했다

그런 다음날 아침
속상한 심정을 밖에서 술로 달랬고
집에 들어올 땐
밝은 표정 지으려고 애썼다고 했더니

식구들은
다들 찡그린 얼굴 표정이 되었다

문고리

내가 중학생이 되자
고등학교 3학년인 삼촌과 같이
공부방을 사용하게 되었는데
청소를 내게만 시켰다

아버지는 새 자전거를 한 대 사서
삼촌한테 주시고는 내겐
삼촌 타던 자전거를 타라 하셨다

하루는 등굣길에 삼촌이
빨리 따라오지 못한다고
뒤돌아보며 소리쳤다

그날 저녁 나는
삼촌이 들어오지 못하게
방 문고리를 걸어 잠근 채

방 청소는 왜 나만 해야 하냐고
짧은 다리에 헌 자전거로
내가 어떻게 따라잡을 수 있겠냐고

소리소리 질렀다

삼촌은 문을 열려고 했지만
문고리는 내편이 되어
문기둥 걸이에 걸려 꼼짝하지 않았다

파란 마음

따로 사는 큰딸이
개인과외교습자 신고를 했고
아파트 창문 난간에 광고 현수막 내걸어왔는데
새로 온 관리소장이 공동주택 옥외 광고물 부착은
불법이라고 했단다

내가 바로 전화해서
자기 집 난간에 붙이는 현수막이 왜 불법이냐고
지난 삼 년간 아무 말 없었다고
아파트와 이웃에 피해를 주는 것도 아니라는
주장을 폈지만
법이 그러니 원칙대로 하겠다고 하기에
정말 법대로 할 거면 제대로 하라며
소리를 질러버렸다

그 이후 쭉 마음이 편치 않았다

버티며 내 주장으로 끝까지 맞서려고 했지만
관리소장을 찾아가 대화를 나누었고

현수막 걸고 달리 광고하겠노라고 매듭을 지었다

그동안 마음속에서 들먹거렸던
무거운 그늘을 걷어내고 나니
파란 하늘이 더욱 파랗게 보였다

바람이 전하는 말

늦가을
친구들과 문수산 둘레길을 걷다가
잠시 쉬기 위해
아름드리 굴참나무 아래 모여 앉는다

무성하던 잎들이 떨어져
바람 따라 구르며
함께 무더기를 이룬다

큰 잎 작은 잎
예쁜 잎 못생긴 잎
그래 본들 다 떨어져 말라가는 잎들

아직도 나뭇가지에 붙어 나부끼며
시들어가는 잎들이 처연하다

지나는 바람이 잎들에게 전한다
더 마르기 전에
더 시들기 전에
남은 온기로

서로를 더 감싸안으며 다독이라고

모여 앉은 친구들 사이로
바람이 낙엽을 쓸며 쓸쓸히 지나간다

안개에 갇힌 적이 있다

가을 새벽
고속도로 타고 달리다가
짙은 안개에 갇힌 적이 있다

사방이 자욱하여
차들이 갓길에 멈추거나
깜빡이 켜고 기어갔다

시간이 지나자
해가 뜨면서 안개가 걷히기 시작했다

파란 하늘이 내려오고
산과 들이 산뜻하게 다가왔다

얼마 후 나는
신나게 달렸는데

살아가면서
짙은 안개에 갇히더라도

멈추지는 말아야겠다는
생각을 했다

낙엽들의 대화를 들었다

차가운 바람이 부는 공원
잎을 다 턴 나무들

공원도 사람을 털어냈는지
나 혼자만 걷고 있다

햇볕 잘 드는 나무 밑
몰려온 낙엽 몇 장

이른 봄에 난 누구보다도 먼저 연두색을 틔웠지
한여름 난 푸름을 한껏 날렸다오
난 가을에 얼마나 예쁜 단풍이었는데
난 눈이 휘날려도 가지에 매달려 있었다니까

난 낙엽들의 대화를 들으며
나무 아래 서있었다

소복이 모인 낙엽 바로 밑에
해마다 층층이 쌓인 낙엽들이 누워있었다

첫사랑

길을 걷다가
어느 여인 옆모습에
숨이 멎었다

한참 따라갔는데
다른 사람이었다
다른 사람이었지만

가슴에 숨은 그림자 하나
벌떡 일어나 다가왔다

그립고 그리운 날들
지우고 지우다가
까맣게 타버린
그림자 하나

애써 숨기며 산다

떡 하나가 뭐라고

목숨 걸 일은 아니지만
마음 쓰리고 속상한 건
어쩔 수 없었다

나만 쏙 빼고
양쪽 자리에만 떡을 두고
나가버리는 그 사람
그럴 순 없었다

자기 친한 이만 챙긴 걸까
기간제 교사라고 무시하는 걸까
아니면 평소 내가 밉보인 걸까

아니야 아니야
깜빡했을 거야
그래서 개수가 모자랐겠지
숫기 없는 그 사람
말도 못하고 돌아섰겠지

늦은 밤

비로소 가슴 쓸어내리며
잠자리에 든다

그래,
그깟 떡 하나가 뭐라고!

부부 인형

서류함 위에 있는 부부 인형
서로 손잡고 미소 짓고 있는 모습
보기 좋아 아끼는 것인데
누가 준 선물인지 모른다

어느 해 스승의 날 어떤 여학생이
내 책상 위에 놓고 간 종이상자
그냥 집에 가져와 책장에 넣어두었다가
한참 나중에 생각이 나 꺼내보았는데
색다른 인형이 들어있음을 그때서야 알았다

너무나 마음에 드는 좋은 선물
이제야 풀어봤다며
인사말을 전하고 싶었지만
이름이 적혀있지 않고 메모지도 없어
참으로 안타까웠다

내가 그 당시에 열어보고
누가 주었는지 바로 알아보지 못한 미안한 마음
아직도 간직하고 있듯이

그 여학생 어쩌면 지금도 내게
섭섭한 심정 품고 지낼 수 있겠다

발라드를 들으며

오랫동안 들은 CD가 싫증나
고속도로 휴게소에서 새로 하나 샀다

불후의 명곡 7080

기대를 하며 틀자
느린 감상적 곡조에 서정적인 사랑노래
졸음을 불러들인다

타이틀만 보고 덥석 잡은
포장 케이스에 손때가 잔뜩 묻은 CD

발라드 곡을 들으며
운전을 하면서
나도 이제 손때가 잔뜩 묻은
옛날 사람이 되었다는 생각을 한다

제4부

통행료

임진강은 말한다

누가 나보고
나라를 갈라놓았다 하는가

그렇게 한 적도 없고
보이지도 않는 선인데
누군가 그어 놓고는
서로 오가지도 못함이 내 탓이라 한다

양쪽에서 확성기를 맞대 놓고
서로 옳다고 왕왕거리지만
뒤섞인 고함으로 들릴 뿐이다

싸울 듯 떠들어대지만 말고
서로 오갈 수 있는 다리를 만들어다오

원래부터 한 몸인 나는
스스로 선을 그어
남북으로 갈라놓은 적이 없다

공원에서

개 한 마리 공원 벤치 옆에서
움츠린 채 부들부들 떨고 있다

눈곱이 덩어리 지고
털이 부스스하다
버려진 것 같아 안쓰럽다

병이 들어서일까
나이가 들어서일까
키우기에 부담이 된 걸까

건장한 젊은이가 잡은 목줄에 끌려
꼬리를 치켜든 애완견 한 마리가
벤치 앞을 지나가고 있다

균형

도로 가장자리에 주차하다
앞바퀴 한쪽이 경계석 모서리에 찢겼다

보험사 긴급출동 서비스 차가
타이어 가게로 견인해 갔다

주인은 양쪽을 같이 갈아 끼워야
균형이 유지된다고 상냥스럽게 말했다

찢긴 것도 새 것이라 아까운데
멀쩡한 옆 타이어까지 바꾸라고 했으니

집에 돌아오며 균형이라는 말을
한참 생각했다

하나님

모 이병이 우리 부대에 배치받고 얼마 안 되어
애인이 면회 왔다
이병에게 외박증을 주면서 나는
아가씨한테 물었다

모 이병이 가끔 보여주는 편지마다
감히 '하나님께'라고 쓰여 있던데
왜 그러냐고 했더니
서슴없이 대답했다

나의 하나밖에 없는 님이니까 하나님이지요

고무나무

소각장 나무더미에 버려진
시들시들한 고무나무를 보았다

살려보겠다고 집에 가져와 화분에 심어놓았더니
다시 살아나 잎들도 점점 생겨나고 키도 쑥쑥
자랐다

보기 좋으라고
나무 아래서부터 오래된 잎들을 떼어냈다

버려진 나무를 살리는 데 기여한 잎들이었다

푸른 잎을 차마 버리지 못하고 화분에 얹어두
었는데
두 달이 넘게 싱싱했다

잎을 떼어낸 것을 후회했다

다시 갖다 붙일 수도 없고
떼낸 잎을 볼 때마다 마음이 아렸다

현수막을 보며

6.13 기초단체장 선거를 앞두고
정당마다 공천자가 아직
정해지지 않았는데

저마다 보일 듯 말 듯 예비후보라 적고
얼굴을 아주 크게 한 현수막이
건물 전체에 매달려있다

빼곡히 공약사항을 담은 현수막
저 뻥튀긴 문구들

현수막은 살랑거리는 바람에
조금씩 느슨해지더니
확 풀어져 땅바닥에 처박힌다

저 인간들 이번 선거에
다 떨어졌으면 좋겠다

1975

오늘 점심 콩나물국밥 사 먹고
오천 원권 지폐를 냈더니
동전 세 개를 거스름돈으로 내준다

백 원짜리 하나가 1975년에 주조한 것이다
자취생활과 공부에 지쳐 휴학했던
고교시절이 생각났다

다음해 복학해서 다녔지만
결국은 자퇴했었다

외지 명문고에 진학해서 다니다가
포기하고 돌아온 아들

집에서 뒷바라지 못해 준 탓이라며
엄마는 한동안 먼 산을 바라보았는데

그럴 때마다 나는 그 너머를 바라보았다

짠 물떡

사관후보생 훈련 빡빡했지만
그래도 종교활동은 있었다

일요일 아침 화장실에 갔는데
오늘 불교에 가면 떡 준다는 얘기가 돌았다

훈련받으면서 가장 먹고 싶은 것
떡이라는 말
귀에 쏙 들어왔다

아침 식사 후 연병장에
기독교 성당 불교 각각 줄을 섰다
나는 불교 쪽에 섰는데
줄이 너무 길었다

훈육관은
지난 주 불교에 서지 않았던 사후생
앞으로 나오라고 했다

왜 오늘따라 불교를 선택했느냐는 질문에

어느 누구도 선뜻 대답을 못했다

양심불량
카키색 팬티차림으로
연병장에서 구르고 구르다가
바다에 뛰어들어야 했다

떡은커녕
짠 물떡을 잔뜩 삼켜야 했다

전망대에서

서울 나들이
123층 롯데월드타워 전망대 구경

엘리베이터로 1분쯤 걸리는 117층 도착
함성이 터지고
바깥은 헬리콥터 타고 보는 전경이다

123층까지 걸어올라 갈수록
더욱 트이는 시야

사람들은 저마다 머무르는 층층에서
자기 앞 광경이 최상인 듯 뚫어지게 바라보고
있다

친목회

십육 년째 이어가고 있는
부부 모임

옷 지갑 가방
명품 얘기가 튀어나오면
생기를 내는 집이 있고

증권 부동산 투자 얘기에
입을 다물지 못하는 집이 있고

세상 뉴스와 여행 얘기에
신나는 집이 있지만

자녀들 진학과 취업에 관한 얘기는
서로 눈치를 보며
어느 집이든 입을 다문다

모임 초창기
어린 자녀들 커가는 얘기는
어느 집이든 다 좋아했었다

홍도 만물상과 나

해상관광 유람선에서 둘러보는
홍도 33경
그 하나하나가 걸작이다

먼바다에서 아름다운 섬

세찬 비바람 맞으며
긴 세월 견뎌온 흔적을
만물상으로 남겼다

열일곱 나이에 혈혈단신
먼 도시로 나왔던 나

외롭고 힘든 삶에 지치기도 하면서
견뎌왔던 시간들
거센 파도와 세찬 폭풍우를 지나
잔잔한 물살로 맞이한 회갑의 나는
툰드라의 겨울 구름처럼 견고해졌다

만물상처럼 아름다운 걸작은 아니지만

오래된 노래처럼
음표의 무늬로 남아
대지를 쓰다듬고 가는 바람의 노래가 되어간다

건강검진

건강검진 대상자라며
보건소 건강증진과에서 거듭 보내온 문자 메시지
더이상 미룰 수 없어
전날부터 속을 비우고
토요일 아침 동네 병원에 갔다

아파트 단지 곳곳에서
연두색으로 잎을 내밀던
더위에 짙은 초록색을 띠던
얼마 전만 해도 단풍으로 나부끼던
나뭇가지들

어느새 앙상한 채로
차가운 바람에 흔들리고 있었다

병원이 있는 골목으로 들어서는데
한때 직장 동료들을 집 근처로 데려와
고기를 굽고 술 마시고 노래하던 상가 간판들이
오늘따라 눈에 쏙쏙 들어왔다

검진을 마치고
집으로 돌아오는 길
상가 골목을 힐끔힐끔 쳐다보면서
떠들며 놀던 지난날을 떠올려보았다

연두색, 짙은 초록색, 그리고 단풍 색깔이
내 눈 앞에 나부꼈다

빨간 자동차

제주 러브랜드
성을 주제로 한 테마 조각공원

관람로 방향 표시를
탱탱한 남자 성기로 해놓았고
화장실을
팬티 내리는 곳이라고 써놓았다

야하고 적나라한 조형물들
보기에도 야해서 민망스러웠지만
금방 웃음으로 바뀌며 재미있었다

매점에서는
성과 관련된 기념품을 판매했다
거시기빵 세트는 남근과 젖꼭지 모양이었다

코스가 끝나는 곳에 빨간 자동차가 있었는데
가까이 가보니 차가 조금 흔들리며
차안에서 여성의 괴성이 노골적으로 흘러나왔다

거기서 내가
갑자기 빨갛게 되었다

아침 하늘을 보다

일찍 일어나
컴퓨터 문서작업 하다
출근시간을 놓쳐버렸지

밥도 못 먹고
주차장으로 뛰어가야 했어

거침없이 달려야 하는데
오늘따라 왜 그리도
빨간 신호등이 자꾸 길을 막던지

그런데
하늘이 불그스름하게 동터오더라고

해뜨기 전 출근하느라
보지 못했던 아침 하늘

산악회에 가입했더니

내가 누구인지도 모르면서
신입회원이라는 이유만으로
그토록 반겨줄 수가 없었어

오랫동안 함께해온 기존 회원들이
훨씬 더 나을 텐데
갓 들어온 내가 뭐 그리도 더 좋겠는가

색다른 사람일까
다들 달려들어 들쳐보지만
별다를 바 없음이 곧 드러나리

통행료

아들이 친구 만나러 일본에 간다 해서
공항까지 데려다주었다

갈 때는 영종대교를
올 때는 인천대교를 건넜는데
통행료를 합치니 꽤나 되었다

친구 간은 물론
알고 지내는 사람들 사이에도
보이지 않는 다리가 놓여있다

오갈 때마다 통행료를 잘 지불해야
서로 간
오래 유지될 수 있다는 생각이 들었다

금강산 건봉사에서

한국전쟁 때 치열한 공방전을 벌였던 곳
그때 일주문만 남았었다는
금강산 건봉사
원래 모습으로 복원하고 있다

일주문으로 가는 길 우측
만해당 대선사 시비 '사랑하는 까닭'과
조영출 시와 노래비 '칡넝쿨'이
커다란 돌에 새겨져 있다

흐릿하게 남겨진 글씨와
바위 이끼가 낀 흔적도 있어
한참 동안 들여다보았다

전쟁으로 갈라진 고성군 금강산
이곳 건봉사 시비와 노래비 앞에서
북한 시인과 만나
시를 읽고 합창을 하고 싶다

감추고 싶은 기억

화선지에 내 얼굴을 담고 있는 화가
잘 그려줄까 표정을 살피는데
어찌 알았는지
혼으로 그리니 염려 말라고 했다

참숯을 손에 들고 바삐 움직이면서
사주 명리학 공부를 한 적이 있었다고 말하는
화가
자꾸 내 얼굴을 빤히 들여다보니
내 속까지도 훑어보나 싶어
난 애써 미소를 지었다

드러내고 싶은 것보다는
감추고 싶은 것이 더 많았던 내 삶
화가가 자기 눈을 똑바로 쳐다보라고 할 땐
괜히 눈길을 아래로 깔았다

완성된 인물화가
내 얼굴이 아닌 것 같아 만족한 표정을 짓지 않자

손님한테서 풍기는 기운과 영혼까지도 담았으니

보면 볼수록 본인 얼굴로 보일 거라며
화가는 환하게 웃었다

그림 속에 감춰진 주름 사이
텅 빈 슬픔의 기억들이 노을처럼 붉게 빛난다

시소 타기

시소 타는 두 친구
좌우 번갈아 오르락내리락하며
환호성을 지른다

난 그 시소 한가운데 앉아
이쪽저쪽을 쳐다보며
함께 소리친다

좌우 어느 쪽으로도 기울지 않을 땐
난 한쪽에 힘을 가해
올리기도 내리기도 한다

두 친구는 저마다
양쪽을 좌우하는 나에게
미소를 보낸다

그 무엇으로

COVID-19 확산
지구상에 모든 사람
입과 코를 마스크로 막고 산다

만나거나 어울리기 꺼리고
인사마저 주먹을 살짝 맞댈 뿐이다
핵폭탄이 떨어진들
무법천지가 된들 이러겠는가

지구의 주인인양
함부로 으스대며 나대는 사람들
보이지도 않는 세균에게
꼼짝 못하고 머리 조아리듯

함부로 수작부리며 설치는
누구든 어떤 패거리든
어느 한순간
그 무엇으로 하여
벙어리 될 수가 있는 거다
꼼짝 못하고 길들여질 때가 있는 거다

쓸모없음의 시학, 쓸모있음으로의 확장

유한근
(문학평론가)

문학이 어렵다고 말한다, 보통 사람들이. 그래서 읽지 않는다. 문학에 대한 막연한 로망을 가진 사람들도 이제는 읽지 않는다. 작가들조차도 시는 어렵다고 읽으려 하지 않는다. 물론 어떤 이는 문학의 무용론으로 그것을 자신의 관심 밖으로 소외시킨다. 그러나 홍의선 시는 예외이다. 읽으면 그대로 흡수되고 오독이 허용되지 않기 때문에 흡입력이 강하다.

시에 대한 쓸모없음의 담론은 오래전부터 전개되어 왔다. 특히 지난 세기 영상의 시대를 거치면서 폐기 처분될 것이라는 문학론을 피력한 사람들 사이에서는 여전히 쓸모없음에 대한 문학담론이 도출적으로 전개되었다. 하지만 문학은 폐기처분되지 않을 것이며 문학의 쓸모없음에 대한 담론은 새로운 출구를 탐색하게 될 것이다.

이에 따라 쓸모없음의 쓸모[무용지용無用之用]의 문제로 확대되어 예술과 인문학 전반의 존재 문제까지 거론된다. 요즘도 지구촌의 기아 문제는 해결되지 않고 있지만, 앙드레 지드가 콩고에서 기아로 죽는 사람을 보고 탄식한 것을 떠올리지 않아도 문학은 배고픈 사람에게는 무용하다. 하지만 문학의 쓸모없음은 쓸모있음에 대한 현실적 욕망의 족쇄에서 해방시켜주고 "인문적 덕성과 윤리적 관용을 키우며 인간을 아름다운 가치의 세계로 고양"(김병익)하게 한다는 쓸모없음에 대한 미학을 낳게 된다.

이를 전제로 하여 홍의선 시를 탐색하려 한다. 홍의선 시인은 신인이다. 이 시집《일곱 살과 여덟 살 사이에서》는 그의 첫 시집이다. 그리고 이 표제시는 그가 당선된《인간과문학》신인작품상을 받은 작품이기도 하다. 따라서 그의 시 세계에 대한 담론은 없기 때문에 나의 이 담론이 홍의선 시에 대한 첫 담론인 셈이다.

홍의선 시는 쉽게 읽힌다. 읽으면 그대로 흡수된다. 시적 꼼수나 작위적인 트릭도 없다. 어떤 시는 독자들을 피식 웃게 하고, 고개를 끄덕거리게 하고,

가슴을 먹먹하게도 하고 깊은 사유에 빠지게도 한다. 이것이 그의 시의 '쓸모있음'이다. 한 편의 시를 읽으면 그 사실을 인정하게 한다.

산에 갔다 와서 냉장고 문을 급히 여는데/ 손잡이가 똑 부러졌다// 이십 년이나 사용했으니/이젠 바꿀 때가 됐다고 했더니/ 고급품이라 좀 더 쓸만하다며/ 아내는 테이프로 동여맨다// 산에서 내려올 때 나는/ 허벅지에 경련이 일어나/ 잠시 주저앉기도 했다// 거실 바닥에 앉아 주무르면서/ 나도 이젠 낡았나 보다 했더니// 아내는 살짝 미소를 머금고 다가와/ 아직은 좀 더 쓸만한 물건이라며/ 물파스를 보들보들 발라준다

－〈쓸만한 물건〉 전문

이 시는 재밌다. 비평가의 해설이 필요 없다. 하지만 홍의선 시의 특징을 보여준다. 시인의 주변 모든 사상事象과 사물이 시의 모티프가 되며, 시인이 포착한 모든 것들에 시적 생명을 부여하며, 시로 형상화될 수 있다는 것이 그것이다. 뿐만 아니라 이렇게 써도 시가 된다는 '리얼리티 포엠'의 특성이다. 이 시는 쉽게 읽히지만 쉽게 쓸 수는 없다. 시적 상황에 대한 포착이 쉽지 않고 그것을 은유적 표현구조로 형상화하는 일이 그것이다. 손잡이가 부러졌

지만 '쓸만한 물건'이라고 말하는 아내의 냉장고와 남편이라는 존재의 동일화가 시적 표현구조의 극대화이기 때문이다. 이로써 홍의선 시인은 이 한 편의 시 〈쓸만한 물건〉을 통해서 시가 쓸모있음을 입증한다. 시인도 '쓸 만한 물건(?)'임을 보여준다.

1. 시·공간과의 거리(Distance)와 자기화

시적 대상과의 거리는 사물의 자기화와 자기의 사물화에 따라 달라진다. 전자는 사물에 자신을 의탁하는 표현구조라 한다면, 후자는 자신을 시적 대상인 사물에 가까이 다가가 그 사물이 되는 표현구조이다. 그래서 시적 대상인 사물을 끌어오느냐 혹은 사물에 다가가 사물이 되느냐에 따라 그 거리는 달라진다.

시인의 상상력은 시·공간을 초월한다. 시·공간에 제약을 받지 않는다. 이 시집의 표제시인 〈일곱 살과 여덟 살 사이에서〉가 이에 해당되고 시 〈파리와 나의 거리〉는 시적 대상과의 거리에서 나타나는 표현 구조인 사물의 자기화의 예이다.

창문으로 들어온 파리 한 마리
방안을 빙빙 돌고 있다

나는 파리를 내보내려고
창문을 활짝 열어놓았다
그것도 모른 채 방안에서 웽웽거리는 파리

문이 열려있다고
아무데나 들어가는 게 아닌데
대도무문大道無門을 믿는 게 아닌데

나도 한때 술집 독에 갇혔다가
간신히 빠져나온 적이 있다.

〈파리와 나의 거리〉 전문

위의 시에서 시인은 파리 한 마리를 관찰한다. 방
안에서 빙빙 돌고 있는 파리를 내보려고 창문을 열
어 놓지만 그 파리는 밖으로 나가지 못하고 방안을
웽웽거리며 돌아다닌다. 여기에서 시인은 시적 대
상인 그 파리와 하나 되기를 위해 그 거리를 좁힌
다. 그리고 그 자신이 된 파리의 마음을 "문이 열려
있다고/ 아무데나 들어가는 게 아닌데/ 대도무문
大道無門을 믿는 게 아닌데"라는 마음을 갖게 된다.

이 마음은 생활윤리적인 문제와 미학적 문제를 내포하고 있는 시인의 마음이다. 전자는 "문이 열려있다고/ 아무데나 들어가는 게 아닌데"에서 나타나고, 후자는 "문이 열려 있다고/ (…)/ 대도무문大道無門을 믿는 게 아닌데"에서 나타난다. 우리 삶에는 경계가 있다. 옳고 그름이라는 혹은 선과 악이라는 경계가 분명하다. 그러나 불교에서는 그 경계를 초월한다고 말한다. 그 경계가 족쇄가 되어 삶에 대한 본체 파악에 방해를 두기 때문이다. 시인의 정체성, 또는 시인의 상력력은 이와 맥락을 같이 한다. 시인의 상상력은 시·공간을 초월하여 삶의 본체와 원초적 정서를 환기시키기 때문이다. 이런 경계초월은 불교미학이 지향하고 있는 깨달음을 얻기 위해서이다. 득도하기 위해서 있다. 그럼에도 불구하고 시인은 이 시의 마지막 연에서 "나도 한때 술집독에 갇혔다가/ 간신히 빠져나온 적이 있다"고 자아성찰의 언어로 반성한다. 자연인으로서의 모습을 되돌아보고, 리얼리티 시로서의 면모를 지키기 위해서이다.

'대도무문'의 출처는 남송의 선승 무문혜개無門慧開의 설법을 상좌인 종소宗紹가 종합 정리해서 엮은 ≪선종무문관禪宗無門關≫이다. "종문입자 불시가진

대도무문 천차유로 투득차관 건곤독보 從門入者, 不
是家珍. 大道無門, 千差有路. 透得此關, 乾坤獨步"에서의
대도무문으로 "문으로 들어온 것은 집안의 보배가
아니다. 큰 길에는 문이 없고, 길은 천갈래로 어디에
나 있다. 이 관문을 뚫고 나가 세상을 건곤처럼 혼
자 걸어라"에서의 깨달음의 길에는 문이라는 경계
가 없다는 의미이다. 걸림이 없는 문으로 들어가 걸
림없이 나아가라는 선어이다. 파리가 나가지 못하고
술집에서 독에 갇혔다는 의식과 그 곳에서 빠져 나
오지 못했다는 인식은 깨달음의 길이 아니라는 의
미일 것이다.

　그렇다고 해서 홍의선 시가 불교적인 시는 아니
다. 그것으로 나아가 그 가능성과 지평을 보여주고
있을 뿐이다.

　아파트 베란다 밑 거미줄에
　귀뚜라미 한 마리 걸려있다
　빠져나오려고 발버둥 치고 있다

　거미줄에서 풀어줄까 하는데
　바퀴살 중심에서 빤히 내려다보며
　발을 동동 구르고 있는 작은 거미

번지점프와 고공비행
아침이슬 걷어내고 수선도 해서
겨우 얻어낸 먹이일 것이다

안쓰러운 귀뚜라미와 배고픈 작은 거미
나는 어쩌지 못하고 텅 빈 하늘을 바라만 본다
                              - 〈귀뚜라미와 거미〉 전문

위의 시 〈귀뚜라미와 거미〉는 거미줄에 걸려 발
버둥치는 귀뚜라미와 그 모습을 바라보는 거미를
모티프로 한 시이다. 그 거리는 생사 혹은 생존의
관계이다. 그리고 이 두 시적 대상을 바라보는 시
인과의 거리는 관조하는 거리이다. 그러나 위의 시
3,4연을 보면, 포충망에 걸려 먹이가 된 자보다는
"거미줄에서 풀어줄까 하는데/ 바큇살 중심에서
빤히 내려다보며/ 발을 동동 구르고 있는 작은 거
미"(2연)와 좀 더 다가간 거리이다. 시적 대상인 귀
뚜라미보다는 거미와의 동일화를 꾀한다. "번지점
프와 고공비행/ 아침이슬 걷어내고 수선도 해서/
겨우 얻어낸 먹이일 것이다"라는 배고픈 거미의 입
장에서 심정을 토로한다. 그리고, "안쓰러운 귀뚜라
미와 배고픈 작은 거미/ 나는 어쩌지 못하고 텅 빈
하늘을 바라만 본다"로 거미줄 안에서 대치상태에

있는 처절하게 긴장된 생존 구조 사이로 보이는 하늘을 바라보는 시적 자아. 시적 대상에 대한 이해를 통한 시인의 마음은 측은지심惻隱之心을 넘어선 무심無心의 경지일 것이다. 그러나 확대해석하면, '텅 빈 하늘'이 함유하고 있는 의미는 앞서 언급한 무심일 것이지만, 이 시의 2연 "바큇살 중심"을 불교의 법륜으로 볼 때, 법륜이 의미하는 바 팔정도八正道와의 연결고리로 살펴보면, 정견正見, 정사유正思惟, 정어正語, 정업正業, 정명正命, 정정진正精進, 정념正念, 정정正定 등 불교 수행의 여덟 가지 덕목에 의해 이르는 깨달음의 경지인 무심일 것이다. 중학교 등하굣길 타고 다녔던 자전거를 모티프로 쓴 시 〈자전거 바퀴〉 마지막 연에서 "돌이켜보니/ 살아온 삶이/ 자전거 바퀴와 같다는" 인식도 이와 결코 무관하지 않다.

이러한 나의 해석이 지나친 오독일 수도 있다, 그러나 다음의 시 〈부엉이와의 인연〉을 보면, 홍의선 시인의 내면에 불심이 있음을 엿볼 수 있다.

인사동 길을 걷다가
그림가게 앞에 섰다
입구까지 빼곡히 차있는 그림들

뭔가에 이끌리듯 들어섰는데
나뭇가지에 앉은 부엉이 한쌍
동그란 눈으로 나를 반겼다

한참 그림을 보고 있던 내게
주인이 높은 값을 불렀다

"그림에도 인연이 있답니다."

이렇게 집에 들인 부엉이 한쌍
현관문을 나서는 내게
매일 매일 눈인사를 한다.

- 〈부엉이와의 인연〉 전문

위의 시 〈부엉이와의 인연〉도 리얼리티 시이다.
일상적 체험에서 시적 모티프를 발견하고, 그것을
발상으로 시로 형상화하는 생활체험 시와도 같은
시이다.

그냥 읽으면 알 수 있지만 위의 시의 서사는 인사
동 그림가게에서 부엉이 한쌍이 그려진 그림을 만
나게 되는 시인이다. 한참 그림을 보고 있던 시인
에게 주인은 그 그림 값을 높게 부르며 "그림에도

인연이 있답니다"라고 말한다. 이 체험이 이 시를 형상화하게 하는 모티프이다. 그래서 시인은 그 부엉이 그림을 산다. 그리고 현관문에 걸어놓는다.

부엉이는 부귀를 상징한다. 우리나라에서는 부엉이가 "부흥, 부흥" 하고 운다고 해서 그 의성어를 '부흥富興'이라는 의미로 해석한다. 그러니까 예전부터 우리 조상들은 부엉이를 '재물 불러들이는 새'로 여겨왔고, 낮에는 자고 모두가 잠든 밤에 혼자에 더하여 밤에도 깨어 있는 새, 공부하는 새로 불기인 목어木魚가 표상하는 의미까지도 확대 해석할 수 있다. 이를 암시하는 시어가 '인연'이라는 시어이다.

2. 늘 곁에 있는 대상, 가족 친지와의 거리

우리 삶에 있어서 가장 가까운 거리에 있는 대상은 가족이다. 그리고 친지들이다. 일상생활체험의 공간은 가정이다. 가족이 생활하는 공간이다. 그 공간에서의 체험 시를 홍의선 시인은 표제시이며 등단시이기도 한 시 〈일곱 살과 여덟 살 사이에서〉에서 할아버지와 제사지내러 황지 가던 길을 소환

한다. 이 시 외 4편을 통해 등단한 홍의선 시에 대해서, '신인작품상' 심사위원인 이경교, 공광규 시인은 그의 시를 이렇게 평가한다. "기억을 바탕으로 한 이야기 시의 가능성을 보여주었으며, 재미 또한 만만치 않았다.(…) 우리 시가 잃어버린 위트, 재미, 반전, 구성을 생각하게 하는 기회를 가졌다. 이런 것들은 오래된 시의 방법 중에 하나이면서 회복해야 할 중요한 시의 가치 중에 하나다. 또 과거 사건을 현재로 소환하여 조화시키고 대응시키는 방식도 잘 알고 있다. 시의 제목을 서술식으로 뽑아내거나 제목과 본문의 거리를 조정하여 독자의 공감을 확장시키는 능력도 보인다"가 그것이다. 이 심사평에서 주목되는 부분은 ①"이야기 시의 가능성"을 보여준다는 것과 ②"제목과 본문의 거리를 조정하여 독자의 공감을 확장"시키는 능력이 있다는 부분이다. 이를 전제로 하여 이 시를 보자.

　큰할아버지 댁에 제사지내러
　강원도 황지 가던 길

　"꼬마야 몇 살?"

"여덟 살!"
아차 하며 나는 할아버지를 쳐다보았다

할아버지는 몸집이 작은 내게
기차 타러 나갈 때 역무원이 몇 살이냐 물으면
일곱 살이라고 말하라 하셨다

그렇게 해서 탄 기차
역에 내려 개찰구를 빠져나가다 그만
여덟 살이라 말했던 것이다

어린 손자 요금을 아끼려다
세 배로 물어내고 오신 할아버지

꼼짝없이 서 있는 내게
참 똑똑하다며 머리를 쓰다듬어 주셨다

어느새 머리가 희끗해진 나
오늘따라 인자하던 할아버지 손길이
무척이나 그립다

- 〈일곱 살과 여덟 살 사이에서〉 전문

위의 시 〈일곱 살과 여덟 살 사이에서〉는 시의 확
장성을 넓히는 시이다. 큰 할아버지 댁에 제사지내

러 갔던 유년의 체험을 이야기 시로 썼기 때문에 읽으면 이해되는 시이기 때문이다. 이 이야기 시가 시적 구조를 가질 수 있는 것은, 시적 미학의 관건은 '일곱 살과 여덟 살 사이'라는 시적 공간에 대한 미적 구조이다. 그 구조는 정직성이다. 어린 시적 자아의 정직성으로 인해 기차요금을 세배로 물어주었지만 머리를 쓰다듬어주었던 할아버지의 손길, 그 손길에 대한 그리움이 시적미학의 공간이다. 그뿐만 아니라, '일곱 살과 여덟 살 사이'라는 시간적 차이를 인식하고 그것을 초월한 시인공간이다. 이런 맥락의 쉽게 읽히는 시 〈덤〉이라는 시는 이렇게 시작된다. "집 계약할 때 못마땅했던 아내가/ 지금은 달라졌다// 큰 방에서 장아산/ 작은 방에서 펼쳐진 들녘/ 거실과 안방에서는 울창한 숲/ 창문마다 와 닿는 광경이/ 한 폭 그림이라며/ 수다를 떤다// 가까운 곳에/ 습지공원이 있고 대공원도 있어/ 산책하고 운동하기에 딱 좋다며/ 입을 다물지 못한다// 이미 계약 속에 모두/ 덤으로 따라왔던 거야 하며/ 난 씽긋이 웃었다"(시 〈덤〉 전문)로 아내와 집 계약을 모티프로 한 시이다.

아내를 모티프로 한 시는 시 〈아내〉와 〈술멍〉 등이 있고, 할머니를 모티프로 한 시는 〈링거주사〉,

딸을 모티프로 한 시는 〈앨범을 펴다〉 등 가족을 모티프로 한 시들이 여러 편 있다. 특히 아내를 모티프(Motif)로 한 시들은 거의 아내의 말이나 행동이 시적 모티브(Motive)를 제공하고 있다는 점에서 주목된다. 시 〈아내〉에서는 마지막 연 "노거수 가지처럼 서로 어깨를 기대고/ 집에 오는 길/ 아내는 나의 한쪽 눈이 되어주었다"(시 〈아내〉중에서)는 감동 공간을 주는 반면, 시 〈술멍〉에선 '멍'에 대한 인식을 새롭게 환기해주고 있어 주목된다.

퇴직한 내게 직장 후배가
오늘 만나서 식사하자고 했다
행운이라 들떠했다

오랜만이라 술을 몇 잔 걸친 후
지난날 나 때문에 서운했던 심정을 털며
아직도 진한 멍으로 맺혀있다고 주정했다.

축 처져 집에 돌아와
후배가 내뱉은 이야기를 했다 그러자
아내는 자기 가슴에는 그보다도 더한 멍이
무수히 박혀있다고 되받아쳤다
나 때문이란다

오늘이 행운이라는 들뜸은 가셨다
지난날 아우성쳤던 흔적들이 어른거렸다
내 과거를 술로 식힌다면
가슴이 온통 시꺼먼 멍이겠다.

- 〈술멍〉 전문

이 시는 읽는 것으로도 재미있다. 그리고 되새겨 보면 더 재미있다. 그것은 시 〈술멍〉이 가슴에 든 멍을 희화한 시이기 때문이다. 지난날 서운했던 심정이 진한 멍으로 남아있다는 직장 후배, 아내 가슴에 박혀있는 멍이 시적 자아로 인한 내적 상처이지만, 시적 자아에 생긴 멍은 그것들을 식히기 위해 먹은 '술멍'이라는 인식은 언어트릭과 아이러니적 희화성이 강하기 때문이다.

또 한편으로는 행운이라 들뜬 마음과 멍이 든 마음이 유기적 구조로 결합되고 있다는 인식은 삶의 한 부분을 희화한 인식으로 보인다. 세상살이라는 것이 가슴 먹은 대로 되지 않고, 혹은 마음먹은 것과는 엇박자로 나가기 마련이다. 그것은 술멍이라는 시어의 중의성 때문일 것이다. 일반적으로 '술멍'이라는 신조어의 의미는 불멍, 물멍처럼 어떤 대상에 아무 생각 없이 멍하게 있다는 의미이다. 이 시의 시어 '들뜸'과는 반대적 개념이다. 그러나 이 시 〈술멍〉에서는 술로 인한 내적 상처, 멍을 의미한다. 술에 쩐 멍, 술로 자신의 과거를 식히기 위해 먹었던 가슴의 멍이다. 그러니까 '술멍'은 술에 멍때리다가 아니라 술 때문에 생긴 멍을 의미한다.

한편, 첫사랑을 모티프로 한 시 〈까만 피멍〉에서는 "자꾸자꾸 캐묻다가/ 놓쳐버린 나의 첫사랑// 한동안 쓰리던 슬픔/ 그 후/ 까만 피멍으로 가슴에 남았는데"라고 '까만 피멍'을 첫사랑으로 표상하고, 같은 맥락의 시 〈첫사랑〉에서는 "그립고 그리운 날들/ 지우고 지우다가/ 까맣게 타버린/ 그림자 하나"로 새롭게 표상하고 있다.

이렇듯 시인은 언어에 대한 특별한 인식을 하게 된다. 다른 사람과는 변별성 있는 새로운 인식은 새로운 세계를 구축하게 된다. 〈운명〉이라는 시를 보아도 알 수 있다.

베란다 화분 고무나무에 물 주는데
유리창에 튀어 올라 맺히는 물방울

수도관 타고 우리 집에 들어와서도
주방, 세탁기, 화장실로 가지 않고

베란다 배관으로 와서는

화분에 주는 물로 쓰이려다 유리창에 딱 붙어

탁 트인 바깥과 접하는

- 〈운명〉 전문

　'운명'의 사전적 의미는 ①인간을 포함한 모든 것을 지배하는 초인간적인 힘. 또는 그것에 의하여 이미 정하여져 있는 목숨이나 처지 또는 ②앞으로의 생사나 존망에 관한 처지라는 의미로 초인간적인 힘에 의한 필연성을 의미한다. 그 운명이라는 언어적 의미를 '물방울'로 표현한다. 물 호스의 물방울이 유리창에 튀어 맺힌 물방울. 그 물방울이 수도관을 타고 주방, 세탁기, 화장실로 가지 않고 "유리창에 딱 붙어/ 탁 트인 바깥과 접하는" 것이 그 물방울의 운명이라 부여하고 그것에 대한 불교적 인식에 기인한 결과이다. 《열반경涅槃經》의 '일체중생실유불성一切衆生悉有佛性'이라고 인식을 바탕으로 한 시 미학이다. 모든 중생이 불성을 지니고 있다는 의미를 문학적으로 확대 해석하면 시적 대상에 생명을 부여하는 사물의 자기화 혹은 자기의 사물화를 통해 시적 대상이 되는 미물을 비롯한 일체의 사물이 생명성을 지니고 있다는 의미이기도 하다.

따라서 시의 모든 표현구조는 이에 따라 생성된 것으로 보인다. 알레고리적 표현구조도 그 하나이다.

3. 알레고리 시 혹은 표상성의 시적 대상

알레고리(Allegory)는 '무언가 다른 것을 말하기(other speaking)'라는 의미이다. 시적 대상인 사물과 동물 등을 의인화하여 쓴 이야기 시가 알레고리 이미지로 표현구조로 한 알레고리 시이다. 벤야민은 알레고리를 화해할 수 없는 것들의 반립 속에서 생겨난 예술 형식이라고 말한 바 있다. 그러면서 이러한 것들은 서로 상반되어 존재하지만 긴장 관계를 형성하며, 알레고리적 순간을 창출해내는데, "이 순간에 알레고리는 사물들의 무상성에 대한 통찰과 이들을 영원으로 구원하고자하는 욕망을 동시에 표출한다"(문학비평용어사전, 2006. 1. 30. 국학자료원)고 말하고 있다. 따라서 알레고리 시는 시인의 창조적 상상력의 본질과 근원과 능력을 통해 알레고리적 이미지로 이야기 시에 짤막한 삽화형식으로 차용된다. 시적 대상인 사물을 의인화하여 이미지를 통해 서사형식으로 전언한다.

이에 해당되는 시가 시 〈딴청부리는 구름〉, 〈여린 풀들〉이다.

①습지공원 둑을 따라 걷다가/ 이쪽저쪽 하수구에서 나오는 시커먼 물이/ 갯골 썰물에 마구 섞이는 걸 본다// 이런 물 저런 물 가릴 수 없는 갯골/ 어떤 물이든 다 받아들여야 하는 바닷물/ 안쓰럽다 생각하다가 하늘을 쳐다보는데// 머리 위로 지나가는 / 여름 한낮 파란 하늘에 몽실몽실 흘러가는 하얀 구름// 저 구름은 한 때 갯골 물이었을 것이다/ 흐르고 흐르다가/ 바다에 가서야 맑아져/ 하늘로 올랐을 것이다

－〈딴청부리는 구름〉 전문

②땅을 깎아 낸 비탈에/ 굵직한 돌멩이로 쌓아올린/ 옹벽을 보았다// 돌멩이 틈새에 자리 잡고 있는/ 여린 풀들/ 흘러내리는 토사를/ 막아주고 있었다// 흙 비탈과 큰 돌멩이가 버티도록/ 지지대가 되어주고 있는/ 다가가야 겨우 보이는 여린 풀들

－〈여린 풀들〉 전문

①의 시 〈딴청부리는 구름〉의 주체는 하수구에서 흘러나오는 시커먼 물에 딴청부리는 '구름'이다. 그리고 ②의 시 〈여린 풀들〉의 주체는 옹벽 틈새에

자리 잡고 흘러내리는 토사를 막아주려하는 '여린 풀'이다. ①의 주체인 구름과 시커먼 물, 그리고 ②의 토사와 여린 풀의 관계는 앞에서 언급된 벤야민의 알레고리 개념을 대입하면, "화해할 수 없는 것들의 반립 속"의 존재이다. 따라서 이 두 편의 시는 알레고리적 구조 속에 놓이게 된다. 상반적으로 두 개의 존재물을 통해 무상성과 욕망성을 표출하고 있다는 점에서이다.

①의 시 '구름'이 표상하고 있는 것은 파랗고 맑은 물이다, ②의 '여린 풀'이 표상하고 있는 "흙 비탈과 큰 돌멩이가 버티도록" 지지해주는 지지대이다. 버팀목 역할을 하는 그 무엇이다. 그 옹벽이 역사이고 왕정이라면 여린 풀은 백성일 수 있고, 시인에게 있어 옹벽이 시詩라면 여린 풀은 시인의 일상과 지난날의 모든 체험들이고 가족이 될 것이다.

예컨대, 시 〈혹 하나 있는데〉에서의 혹이 표상하고 있는 것은 시인의 유년 체험과 교편생활의 체험에서의 '내적 상처', 확대 해석하면 '트라우마'이다.

한 학생을 칭찬했더니
몇몇 학생이 편애라며 차별한다며 중얼거렸다

속 깊은 곳에서 어쩌다 슬쩍슬쩍 내밀던
혹 하나가 불쑥 솟구친다

어머니는 내가 초등(국민)학교 때 받은 상장 임명장 악
대복까지 모아 두셨다가 중학교에 입학하자 내게 주셨
는데 한 학년 두 학급이었던 시골 초등학교 육 년간 개
근상장과 육 년간 통지표가 있었고 한 학년만 빠진 오
년간 우등상장이 있었다 빠진 한 학년 때 있었던 일이
아직도 사무친다 분명 담임 선생님은 내가 3등이라며
종합점수가 적힌 쪽지를 주셨는데 당시 학교 동네에
살던 4등 쪽지를 받은 친구가 우등상을 받았던 것이다

그때 어린 가슴에 생긴 혹 하나가 있는데
어찌 내가 그러랴

- 〈혹 하나 있는데〉 전문

위의 시에서의 시적 자아의 '혹'은 유년의 원체험
공간에서 마음속에 받은 깊은 상처이다. 그것은 초
등학교 담임으로부터 받은 작지만 불공정, 불평등
과도 같은 내적 상처이다.

이런 유년시절 체험을 소환하는 계기를 마련해준
모티브는 홍의선 시인의 교편생활에서의 체험이다.

한 학생에 대한 편애에 불평하는 학생들에 대한 기억이다.

　같은 맥락의 교편생활에서 쓴 시 〈밥알·1〉은 이렇게 시작된다. "교직원 식당에서/ 밥을 먹다가 떨어진 밥알을/ 얼른 주워 먹었다"(1연)에서의 '밥알'이 표상하는 바 의미는 이 시의 마지막 연에서의 "다 익은 밥알 같은 사람"인데 학교가 강제로 그만 두게 한 교사이다. 그리고 시 〈밥알·2〉의 전문은 이렇다. "중국음식점에서/ 볶음밥 시켜 먹으며/ 밥알 하나 남기지 않았습니다// 볍씨로 시작한 쌀의 여정이/ 내 밥그릇에 와서/ 버려지는 것이 싫었습니다// 내 삶의 여정도/인생막바지에 가서/ 버려지지 않는 밥알이면 참 좋겠습니다"(〈밥알·2〉전문)로 시가 끝난다. 여기에서의 '밥알'이 표상하고 있는 것은 '삶이 여정에서 버려지지 않는 사람'을 의미한다. 이 연작시 〈밥알〉이 표상하고 있는 것은 이 세상살이에 필요한 쓸모있는 사람을 의미한다. 쓸모없는 문학에 마지막 삶을 거는 시인이 꿈꾸는 세상은, 쓸모있는 사람이 대우받는 세상이다.

　시인은 무엇인가를 꿈꾼다. 그것이 쓸모없는 것이든 아니면 쓸모있는 것이든 그것은 상관없다. 그가 꿈꾸는 것은 그것들이 초월한 경계 없는 공간이다.

리얼리티 시를 쓰는 시인도 그것을 꿈꾼다.

③고향집에 들러/ 우연히 열어 본 재봉틀 서랍/ 어릴
적 반짇고리에서 보았던 납작한 나무 실패다/ 빛바랜
실이 감겨져 있고/ 녹슨 바늘도 몇 개 꽂혀 있다/ 눈
크게 뜨시고 바느질하시던 할머니/ 한밤중 졸면서 재
봉틀을 돌리시던 어머니 모습이 떠올랐다/ 반질반질
윤이 나는 실패의 양면/ 할머니와 어머니의 손때/ 칠
이 벗겨진 얼룩무늬가 어머니의 눈물 자국을 닮았다
                                    - 〈실패〉 전문

④둘째 딸이 중학교 다닐 때/ 글짓기 대회에서 상품으
로 타왔던/ 카세트 라디오// 지금은 켤 때마다 지글
지글거리고/ 윙윙거려서/ 또렷한 소리가 들리지 않는
다// 딸은/ 쓸 만큼 썼으니/ 버려도 좋다고 하지만//
지금껏 뉴스와 생활정보 음악을 들려주며/ 가족과 함
께 늙어온 라디오를 버릴 수가 없다// 안테나 감각이
둔해졌다고/ 주파수 맞추는데 덜덜거린다고/ 멀리할
수 없는/ 우리 가족의 추억이 담긴 반려 라디오// 색깔
이 바래고 못쓰게 되어도/ 긴 세월 인연을 새기며/ 오
래오래 내 곁에 두고 싶다
                                  - 〈반려 라디오〉 전문

위에 인용한 ③의 시 〈실패〉의 주체인 실패와 ④

의 시 〈반려 라디오〉에서의 라디오는 당대에는 유용한 물건이었어도 현대에는 전처럼 유용한 사물은 아니다. ③의 실패가 표상하는 것은 "할머니와 어머니의 손때"와 "어머니의 눈물"을 의미한다. 그리고 ④의 라디오가 표상하고 있는 것은 "가족의 추억"과 "긴 세월 인연"을 의미한다. 이를 통합하는 표상적 의미는 가족 사랑으로 이 모티프는 이 두 편의 시를 관통하는 표상적 의미이다.

가족 사랑이라는 맥락과 같이하는 다른 한 편의 시는 〈썩은 물〉이다.

⑤아내와 같이 산에 오르다가/ 길옆에 버려진 페트병을 보았네// 색 바랜 물이 반쯤 담겨져 있길래/ 갇혀있어 안쓰럽다며/ 얼른 뚜껑을 열어 쏟아버렸지// 아내는 불쑥// 자기 속에 갇혀있는 썩은 물도/ 후딱 내보내 주라고 하였어// 무슨 썩은 물이 몸속에 있냐고 했더니// 당신이 언짢을 때마다 나를 트집 잡아/ 속이 썩어 생긴 물이라고/ 톡 쏘아붙였네

- 〈썩은 물〉 전문

위의 시에서 시적 대상인 '썩은 물'은 "속이 썩어 생긴 물"이다. 이것이 표상하는 것은 자폐된 정서이다. 그것이 한恨이든 원망이든 서운함이든 내면 깊

숙이 고여있는 정서이다. 그러나 그 정서는, 한恨이라는 정서가 사랑과 미움이 똑같은 크기로 부딪혀 엉켜 고착된 정서인 것처럼 원초적이고 원형적인 사랑의 형태로 보인다. 페트병에 담긴 색 바랜 물은 쏟아내 버려야할 물이지만 '속이 썩어 생긴 물'은 한恨의 정서가 그러하듯 원초적 생명을 표상하는 정서일 수도 있다.

홍의선의 시는 기존의 리얼리티를 지향하는 시인들과는 변별성을 지니고 있기 때문에 주목받을 수 있다. 시 영역의 확장성뿐 만이 아니라 현실적인 삶에 대한 깊은 사유 때문이다. 따라서 우리는 그의 시가 우리 현대시의 지평을 어떻게 넓혀나갈지 기대된다.

다름시선 001
일곱 살과 여덟 살 사이에서

지은이 홍의선
펴낸이 김은중
펴낸곳 다름북스
디자인 홍세련

1판 1쇄 2021년 11월 11일

출판신고번호 제2021-000252호
전화 070 7678 7471
블로그 blog.naver.com/dareums
전자우편 dareums@naver.com

ISBN 979-11-975963-0-8 (03810)